# 狠強

# 圖形記憶50音

## 標準手寫字體版

葉平亭

標準教科書手寫字體，一開始就學最正確的寫法！
圖畫式聯想記憶，迅速將五十音印入腦中。

# 目　録

## *Part* ❶ 平假名（清音・鼻音）

## *Part* ❶・❶ 平假名（濁音・拗音・促音・長音）

## *Part* ❷ 片假名（清音・鼻音）

## *Part* ❷・❶ 片假名（濁音・拗音・促音・長音・特殊音）

## *Part* ❸ 隨堂總複習 ..................... 120

　　一本好的五十音入門書，可以讓您學日文有個好的開始！

　　「**あいうえお**」，怎麼看都有些陌生，寫起來就是怪怪的。為了消除心中對五十音的抵抗感，首先，我們先來認識日文，了解日文的背景後，您就會了解其實日文與中文之間是有些淵源的哦！

日本文字是由「假名」與「漢字」所構成，如：

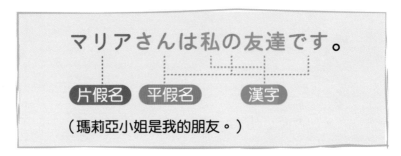

（瑪莉亞小姐是我的朋友。）

而假名又分「平假名」與「片假名」兩種：

**片假名**：主要表示外來語，利用拼音的方式拼出外來語的音。為了精確發出外國音，因此「片假名」比「平假名」多出了幾個字母，如特殊音的「**ファ**」、「**ウィ**」、「**チェ**」、「**フォ**」等等。
　　　片假名除了用在外來語之外，也用來表示「強調」、「區別」，以及表現部分擬聲語和擬態語，比較難的漢字也會以片假名拼音，這種情形在網路上尤其常見。

**平假名**：除了外來語之外的單字、助詞等，均由平假名表示。一般的日文文章主要**由平假名和漢字組成，使用最為頻繁**。

　　日文最初並沒有文字，最初漢字傳入日本時，日本人是直接利用中文漢字來表示日文的音。例如：「**かく**」就以「加久」來表記，而這種日文被稱作「萬葉假名」。

　　到了日本平安時代，書寫文書的機會增多，因為漢字的筆劃太多，書寫的速度緩慢，所以就將「萬葉假名」簡化，而其簡化的路線分為兩條：

❶　簡化成「片假名」（**カタカナ**）：利用漢字的楷書偏旁所產生的。

❷　簡化成「平假名」（**ひらがな**）：利用漢字的草書字形所演化而成。

例如：「**あ**」的字源是「**安**」；「**レ**」的字源是「**礼**」，不管字形或發音都和字源類似。所以日文的五十音和字源一起結合學習，可以達到事半功倍的效果！

因此，本書在假名的右方，設計了字源、字形、字音、圖形聯想記憶的學習方式，讓您在短時間內，迅速掌握學習訣竅，學會五十音。

## 本書特色

### 採用日本教科書使用字體

本書特別選用日本教科書所使用的字體，避免在一開始學寫「**あいうえお**」時，養成不良的書寫習慣，造成寫出來的字不易辨認，之後還要更費心地重新學習。

### 書寫練習

標示正確的筆順，認識正確的字體寫法，可以一邊記憶字音圖形聯想，一邊學習書寫。在每五個假名後面，另有練習帖可重複練習，加強對假名的熟悉度。

### 字形、字音圖形聯想

利用字源、字形、字音圖形聯想的方式，不但記憶得快，還可達到過目不忘的效果，不會記了字形忘了字音；或是唸出了字音，又忘了怎麼寫！

### App 音檔配合假名、單字學習

本書可配合 App 音源一起學習。其中每個假名都誦讀一快一慢，一共 2 次。另外單字也同時收錄，方便讀者學習。

### 小知識

在假名之間穿插補充五十音的基礎知識，使學習更加豐富多元。

# 本書使用方法

本書主要結構分成三個 Part。包括：

  🌸 Part 1 平假名（清音、濁音、拗音、促音、長音）
  🌸 Part 2 片假名（清音、濁音、拗音、促音、長音、特殊音）
  🌸 Part 3 隨堂總複習

其中的每一個平假名、片假名的內容，包含字形和圖形（或字音）聯想、日文羅馬拼音、字源表、書寫筆順練習，以及單字學習等等。如：

假名內容

安 → 安 → あ

在媽媽的懷抱裡，小孩很安 あ 心 ▶

筆畫順序　　羅馬拼音　　字源　　記憶要訣　　字形和圖形（或字音）聯想

阿 → 阿 → ア

啊 ア ！夏天吃西瓜最消暑了 ▶

## 單字學習

平假名單字　重音　漢字上注假名

家

い　え　家
i.e
家

羅馬拼音　中譯

重音　片假名單字

「アイス
a.i.su
冰塊　ice

羅馬拼音　中譯　外來語字源

## 重音學習

　　本書單字上是以劃線的方式標示重音。除此之外，日文中還可以用數字表示重音。如：「えき 1」、「かお 0」

　　「えき 1」就表示音自第一個字（音節）後下降，「かお 0」就表示重音無起伏為平板調。而音節的計算方式如下：

❶ 一個假名算一個音節。如：
　　せんせい 3（老師）→ 四個音節，重音在第三個假名。

❷ 促音算一個音節。如：
　　もったいない 5（可惜、浪費）→ 六個音節，重音在第五個假名。

❸ 拗音算一個音節。如：
　　ろくじゅう 3（六十）→ 四個音節，重音在第三個音節。
　　「じゅ」看起來有兩個假名，但是讀音只有一個音，所以算一個音節。

❹ 長音算一個音節。如：
　　スープ 1（湯）→ 三個音節，重音在第一個假名。

| 清音 | あ段<br>平假名 片假名 | い段<br>平假名 片假名 | う段<br>平假名 片假名 | え段<br>平假名 片假名 | お段<br>平假名 片假名 |
|---|---|---|---|---|---|
| あ行 | あ ア<br>a | い イ<br>i | う ウ<br>u | え エ<br>e | お オ<br>o |
| か行 | か カ<br>ka | き キ<br>ki | く ク<br>ku | け ケ<br>ke | こ コ<br>ko |
| さ行 | さ サ<br>sa | し シ<br>shi | す ス<br>su | せ セ<br>se | そ ソ<br>so |
| た行 | た タ<br>ta | ち チ<br>chi | つ ツ<br>tsu | て テ<br>te | と ト<br>to |
| な行 | な ナ<br>na | に ニ<br>ni | ぬ ヌ<br>nu | ね ネ<br>ne | の ノ<br>no |
| は行 | は ハ<br>ha | ひ ヒ<br>hi | ふ フ<br>fu | へ ヘ<br>he | ほ ホ<br>ho |
| ま行 | ま マ<br>ma | み ミ<br>mi | む ム<br>mu | め メ<br>me | も モ<br>mo |
| や行 | や ヤ<br>ya | | ゆ ユ<br>yu | | よ ヨ<br>yo |
| ら行 | ら ラ<br>ra | り リ<br>ri | る ル<br>ru | れ レ<br>re | ろ ロ<br>ro |
| わ行 | わ ワ<br>wa | | | | を ヲ<br>o |
| 鼻音 | ん ン<br>n | | | | |

| 濁音 | 平假名 片假名 | 平假名 片假名 | 平假名 片假名 | 平假名 片假名 | 平假名 片假名 |
|---|---|---|---|---|---|
| が行 | が ガ<br>ga | ぎ ギ<br>gi | ぐ グ<br>gu | げ ゲ<br>ge | ご ゴ<br>go |
| ざ行 | ざ ザ<br>za | じ ジ<br>ji | ず ズ<br>zu | ぜ ゼ<br>ze | ぞ ゾ<br>zo |
| だ行 | だ ダ<br>da | ぢ ヂ<br>ji | づ ヅ<br>zu | で デ<br>de | ど ド<br>do |
| ば行 | ば バ<br>ba | び ビ<br>bi | ぶ ブ<br>bu | べ ベ<br>be | ぼ ボ<br>bo |

✿ 請注意標色處發音：

じ ＝ ぢ ＝ ji

ず ＝ づ ＝ zu

| 半濁音 | 平假名 片假名 | 平假名 片假名 | 平假名 片假名 | 平假名 片假名 | 平假名 片假名 |
|---|---|---|---|---|---|
| ぱ行 | ぱ パ<br>pa | ぴ ピ<br>pi | ぷ プ<br>pu | ぺ ペ<br>pe | ぽ ポ<br>po |

五十音速查表

| 拗音 | 平假名　片假名 | 平假名　片假名 | 平假名　片假名 |
|---|---|---|---|
| か行 | きゃ キャ<br>kya | きゅ キュ<br>kyu | きょ キョ<br>kyo |
| が行 | ぎゃ ギャ<br>gya | ぎゅ ギュ<br>gyu | ぎょ ギョ<br>gyo |
| さ行 | しゃ シャ<br>sha | しゅ シュ<br>shu | しょ ショ<br>sho |
| ざ行 | じゃ ジャ<br>ja | じゅ ジュ<br>ju | じょ ジョ<br>jo |
| た行 | ちゃ チャ<br>cha | ちゅ チュ<br>chu | ちょ チョ<br>cho |
| な行 | にゃ ニャ<br>nya | にゅ ニュ<br>nyu | にょ ニョ<br>nyo |
| は行 | ひゃ ヒャ<br>hya | ひゅ ヒュ<br>hyu | ひょ ヒョ<br>hyo |
| ば行 | びゃ ビャ<br>bya | びゅ ビュ<br>byu | びょ ビョ<br>byo |
| ぱ行 | ぴゃ ピャ<br>pya | ぴゅ ピュ<br>pyu | ぴょ ピョ<br>pyo |
| ま行 | みゃ ミャ<br>mya | みゅ ミュ<br>myu | みょ ミョ<br>myo |
| ら行 | りゃ リャ<br>rya | りゅ リュ<br>ryu | りょ リョ<br>ryo |

PART 1

*Hiragana*

ひらがな
平仮名

**a**

あ　安→安→あ

在媽媽的懷抱裡，小孩很安 あ 心 ▶

**i**

い　以→い→い

貓熊用兩手拿竹子，好卡哇伊 い ▶

**u**

う　宇→宇→う

肚子痛到彎著腰，嗚嗚 う 叫痛 ▶

**e**

え　衣→衣→え

好厲害！成績全得 A え ！ ▶

**o**

お　於→於→お

隔壁住著一位胖胖的歐 お 吉桑 ▶

**あい** 愛
a.i
愛；愛慕

**いえ** 家
i.e
家

**うえ** 上
u.e
上面

あいうえお
あ行

**え** 絵
e
圖畫

**あお** 青
a.o
藍色

　　除了名詞之外，我們來學個新鮮的「形容詞」。

日文的形容詞有一個特徵，其單字的最後一個字都是「い」：

いい ⇨ 好的；良好的　　　　あおい ⇨ 藍色的

那麼最後一個字是「い」的單字，都是形容詞囉？

嗯，當然不是！

名　おい　[甥]　⇨ 外甥；侄子

名　おい　[老い]　⇨ 年老

13

| あ | 一 | 十 | あ | あ | あ | あ | あ | あ | あ |
|---|---|---|---|---|---|---|---|---|---|
|  |  |  |  |  |  |  |  |  |  |
| い |  | い | い | い | い | い | い | い | い |
|  |  |  |  |  |  |  |  |  |  |
| う | 丶 | う | う | う | う | う | う | う | う |
|  |  |  |  |  |  |  |  |  |  |
| え | 丶 | え | え | え | え | え | え | え | え |
|  |  |  |  |  |  |  |  |  |  |
| お | 一 | お | お | お | お | お | お | お | お |
|  |  |  |  |  |  |  |  |  |  |

5個
母音

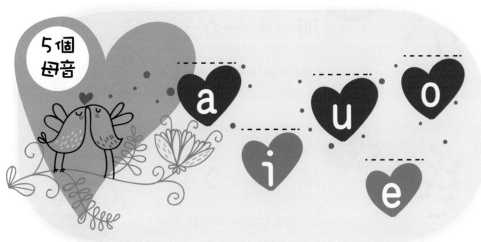

a

u

o

i

e

あ
い
う
え
お

あ
行

聽寫 ⑥

🌸 題號數字以日文讀，數字讀法參照 Track 74 P106。

え① ② ③ ④ ⑤

填填看

例1 a・u・o　あ　う　お

例2 あい
　　愛

① u・i・e

② e・a・u

⑤
上

③ i・e・o

④ o・i・a

⑥
青

15

**ka**

か

加 → か → か

小王是我們棒球隊的 A 咖 か ▶

**ki**

き

幾 → き → き

大風吹得小船幾 き 乎快傾斜了 ▶

**ku**

く

久 → く → く

小鳥張大嘴巴哭 く 著要食物 ▶

**ke**

け

計 → 計 → け

好厲害！一拳把對方 K け 倒 ▶

**ko**

こ

己 → こ → こ

姊姊在塗口 こ 紅 ▶

かお 顔
ka.o
臉

き 木
ki
樹木

く 九
ku
九；9

かきくけこ か行

いけ 池
i.ke
水池

こい 鯉
ko.i
鯉魚

「き」的下面要連起來嗎？

　　「き」的下面一畫，有的連起來，有的不連，到底哪一個才是對的呢？

　　因為印刷字體不同的關係，有些字型的「き」的下方一筆會完全連起來，有些則不連，常常搞得初學者無所適從。日本的教科書選用的「教科書體」字型，其下方是沒有完全連起來的。因此，本書特別選用「教科書體」，就是希望讓讀者一開始就模仿這個標準字體，學最正確的書寫方式，可以避免學到最後寫出來的日文變形走樣。

17

| か | つ | カ | か | か | か | か | か | か | か |
| --- | --- | --- | --- | --- | --- | --- | --- | --- | --- |
| | | | | | | | | | |
| き | 一 | 二 | キ | き | き | き | き | き | き |
| | | | | | | | | | |
| く | く | く | く | く | く | く | く | く | く |
| | | | | | | | | | |
| け | l | け | け | け | け | け | け | け | け |
| | | | | | | | | | |
| こ | こ | こ | こ | こ | こ | こ | こ | こ | こ |
| | | | | | | | | | |

子音 K

ka

ku

ko

ki

ke

かきくけこ　か行

聽寫　9

1　2　3　4　5

填填看

1 ki

2 ku

3 ka・o

4 ko・i

5 i・ke

6 顔

7 木

8 池

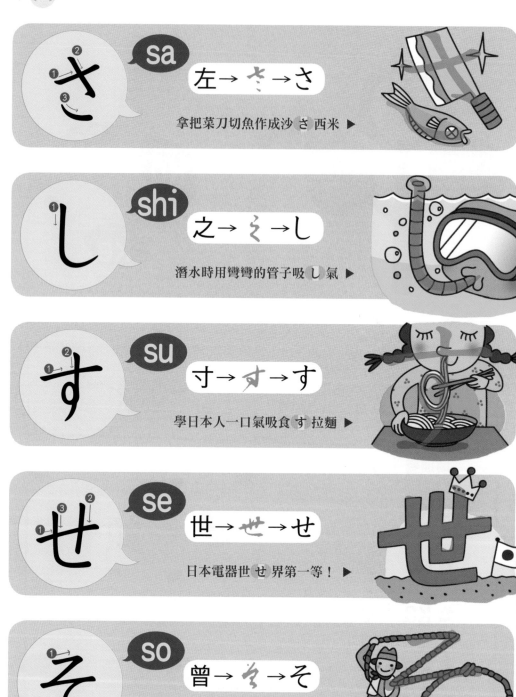

**sa** 左 → さ → さ

拿把菜刀切魚作成沙 さ 西米 ▶

**shi** 之 → し → し

潛水時用彎彎的管子吸 し 氣 ▶

**su** 寸 → す → す

學日本人一口氣吸食 す 拉麵 ▶

**se** 世 → せ → せ

日本電器世 せ 界第一等！▶

**so** 曾 → そ → そ

牛仔舞動套索 そ 很威風 ▶

# さけ 〈酒〉
sa.ke
酒；日本酒

# うし 〈牛〉
u.shi
牛

# うそ 〈嘘〉
u.so
謊言；說謊

さしすせそ

さ行

# すいか 〈西瓜〉
su.i.ka
西瓜

# せき 〈席〉
se.ki
位子（餐廳、飛機）

這裡最適合學「おいしい」這個形容詞了！

「おいしい」是「好吃的」的意思，直接接上名詞，就可以構成形容喔！

おいしい　すし　（好吃的　壽司）

おいしい　すいか（好吃的　西瓜）

嗯！一下子你就多學了一個形容詞囉。

試試看把學過的名詞放在「おいしい」後面！

| さ | 一 | さ | さ | さ | さ | さ | さ | さ | さ |
| | | | | | | | | | |
| し | し | し | し | し | し | し | し | し | し |
| | | | | | | | | | |
| す | 一 | す | す | す | す | す | す | す | す |
| | | | | | | | | | |
| せ | 一 | 一 | せ | せ | せ | せ | せ | せ | せ |
| | | | | | | | | | |
| そ | そ | そ | そ | そ | そ | そ | そ | そ | そ |
| | | | | | | | | | |

隨堂小練習

子音
S

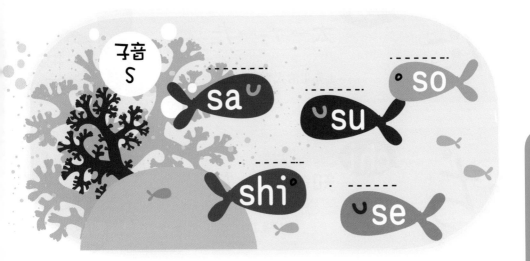

sa
so
su
shi
se

さ し す せ そ
さ
行

聽寫 12

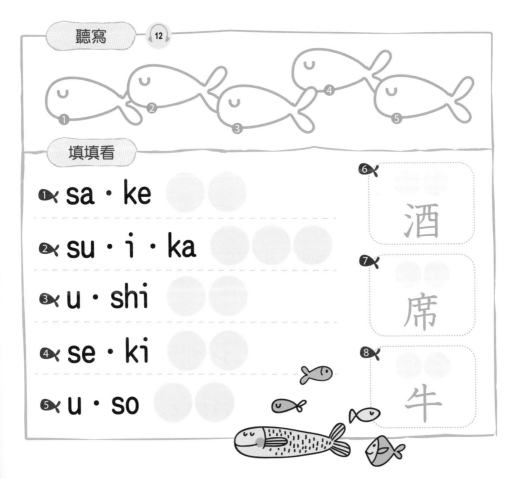

1
2
3
4
5

填填看

1 sa・ke
2 su・i・ka
3 u・shi
4 se・ki
5 u・so

6 酒
7 席
8 牛

**ta**

太 → た → た

王先生的太太 た 很愛八卦 ▶

**chi**

知 → ち → ち

打工賺了七 ち 千元 ▶

**tsu**

川 → ⺍ → つ

新買的鞋子 つ 好漂亮！▶

**te**

天 → て → て

天天 て 做體操，身體健康沒煩惱 ▶

**to**

止 → と → と

小偷 と 被抓到了而跪地求饒 ▶

24

した 　下 した
shi.ta
下面

くち 　口 くち
ku.chi
嘴巴；口

とけい　時計 とけい
to.ke.i
時鐘

た行

たちってと

くつ　靴 くっ
ku.tsu
鞋子

て　手 て
te
手

在這裡可以學有關於位置的單字：

「うえ」：上面

「した」：下面

「ここ」：這裡（屬於說話者的範圍）

「そこ」：那裡（屬於聽說者的範圍）

「あそこ」：那裡（超過說話者、聽說者的範圍）

| た | 一 | ナ | た | た | た | た | た | た | た |
|---|---|---|---|---|---|---|---|---|---|
| | | | | | | | | | |

| ち | 一 | ち | ち | ち | ち | ち | ち | ち | ち |
|---|---|---|---|---|---|---|---|---|---|
| | | | | | | | | | |

| つ | つ | つ | つ | つ | つ | つ | つ | つ | つ |
|---|---|---|---|---|---|---|---|---|---|
| | | | | | | | | | |

| て | て | て | て | て | て | て | て | て | て |
|---|---|---|---|---|---|---|---|---|---|
| | | | | | | | | | |

| と | 丶 | と | と | と | と | と | と | と | と |
|---|---|---|---|---|---|---|---|---|---|
| | | | | | | | | | |

隨堂小練習

子音一

た
ち
つ
て
と

た
行

聽寫 15

填填看

1. ku・chi

2. shi・ta

3. ku・tsu

4. to・ke・i

5. te

6. 口

7. 時計

8. 下

27

**na**

奈 → な → な

夏天在大樹下納 な 涼 ▶

**ni**

仁 → 仁 → に

黑道大哥也要講仁 に 義 ▶

**nu**

奴 → ぬ → ぬ

我養的狗的名字叫做史奴 ぬ 比 ▶

**ne**

祢 → 祢 → ね

用黏 ね 土做一隻招財貓 ▶

**no**

乃 → 乃 → の

用海苔捲個 の 形壽司捲 ▶

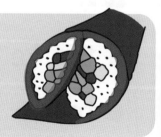

「なな」 なな 七
na.na
七；7

「に」 に 二
ni
二；2

「いぬ」 いぬ 犬
i.nu
狗

なにぬねの な 行

「ねこ」 ねこ 猫
ne.ko
貓

「きのこ」 きのこ 茸
ki.no.ko
香菇

在這裡我們可以學 1・2・4・7・9 日文的說法哦！

いち： ① 
に： ② 
し： ④ 
しち / なな： ⑦ 
く： ⑨ 

註：9的另一說法為〔きゅう〕；4的另一說法為〔よん〕

| な | 一 | ナ | ナ | な | な | な | な | な | な |
| | | | | | | | | | |
| に | l | に | に | に | に | に | に | に | に |
| | | | | | | | | | |
| ぬ | l | ぬ | ぬ | ぬ | ぬ | ぬ | ぬ | ぬ | ぬ |
| | | | | | | | | | |
| | | | | | | | | | |
| ね | l | ね | ね | ね | ね | ね | ね | ね | ね |
| | | | | | | | | | |
| の | の | の | の | の | の | の | の | の | の |
| | | | | | | | | | |

na

nu

no

子音
N

mi

ne

なにぬねの
な行

聽寫　18

① ② ③ ④ ⑤

填填看

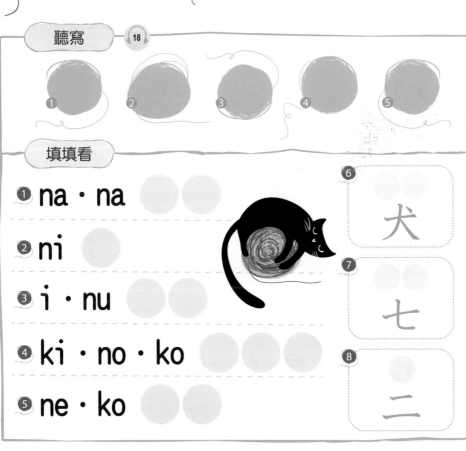

① na・na

② ni

③ i・nu

④ ki・no・ko

⑤ ne・ko

⑥ 犬

⑦ 七

⑧ 二

は **ha**

波 → 波 → は

哈 は 利波特有一隻飛天掃帚 ▶

ひ **hi**

比 → ひ → ひ

考試得滿分，高興得笑嘻嘻 ひ ▶

ふ **fu**

不 → ふ → ふ

爸爸留著兩撇小鬍 ふ 子 ▶

へ **he**

部 → 部 → へ

嘿 へ！你再囉嗦，我要不開心了 ▶

ほ **ho**

保 → 任 → ほ

勤作瑜珈，hold ほ 住美好身材 ▶

はな <ruby>花<rt>はな</rt></ruby>
ha.na
花

ひ <ruby>火<rt>ひ</rt></ruby>
hi
火

はひふへほ は 行

ふね <ruby>船<rt>ふね</rt></ruby>
fu.ne
船

へそ <ruby>臍<rt>へそ</rt></ruby>
he.so
肚臍

ほし <ruby>星<rt>ほし</rt></ruby>
ho.shi
星星

「は」有兩種唸法：「ha」、「wa」

1 單字 中讀作「ha」

2 當作 助詞 使用時，就讀作「wa」。

例如： 1 はな［花］ ha.na（花）

2 これ は 花 です。（這個是花）

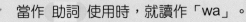
ko.re wa ha.na de.su.

| は | l | lー | は | は | は | は | は | は | は |
| --- | --- | --- | --- | --- | --- | --- | --- | --- | --- |
| | | | | | | | | | |
| ひ | ひ | ひ | ひ | ひ | ひ | ひ | ひ | ひ | ひ |
| | | | | | | | | | |
| ふ | ` | う | ふ | ふ | ふ | ふ | ふ | ふ | ふ |
| | | | | | | | | | |
| へ | へ | へ | へ | へ | へ | へ | へ | へ | へ |
| | | | | | | | | | |
| ほ | l | lニ | にほ | ほ | ほ | ほ | ほ | ほ | ほ |
| | | | | | | | | | |

子音 H

ha　　ho

fu

hi　　he

は ひ ふ へ ほ

は 行

聽寫　21

填填看

1 ha・na

2 he・so

3 fu・ne

4 ho・shi

5 hi

6 船

7 火

8 星

**ma**

末 → 末 → ま

我綁了一個蝴蝶結的馬 ま 尾 ▶

**mi**

美 → み → み

選美佳麗個個都是大美 み 女 ▶

**mu**

武 → む → む

牧場的乳牛哞哞 む 叫 ▶

**me**

女 → め → め

美女 め 都有長睫毛的大眼睛 ▶

**mo**

毛 → も → も

阿公的頭上只剩兩根毛 も ▶

**まめ** 豆 まめ
ma.me
豆子

 **うみ** 海 うみ
u.mi
大海

 **むし** 虫 むし
mu.shi
蟲

**め** 目 め
me
眼睛

**もも** 桃 もも
mo.mo
桃子

まみむめも

**ま**行

「まめ」的漢字只有「豆」一個字，
注假名的時候，兩個假名要怎麼放？

答案是：兩個假名都注在「豆」的上面，如「豆」。
遇到由兩個以上的漢字所組成的單字時，例「てがみ」則是
「手紙」。其實，你只要知道「手」讀「て」，剩下的「がみ」
就放在「紙」的上面囉！
漢字注假名時通常擺在漢字上方，在 Word 裡面，請按照下
面步驟注假名：格式 → 亞洲方式配置 → 注音標示

（新版 Word 請直接按 中 圖示即可）

 **まみむめも** 練習寫寫看

| | | | | | | | | | |
|---|---|---|---|---|---|---|---|---|---|
| **ま** | 一 | 二 | ま | ま | ま | ま | ま | ま | ま |
| **み** | み | み | み | み | み | み | み | み | み |
| **む** | 一 | む | む | む | む | む | む | む | む |
| **め** | ＼ | め | め | め | め | め | め | め | め |
| **も** | し | も | も | も | も | も | も | も | も |

38

ま
み
む
め
も

ま行

聽寫 24

填填看

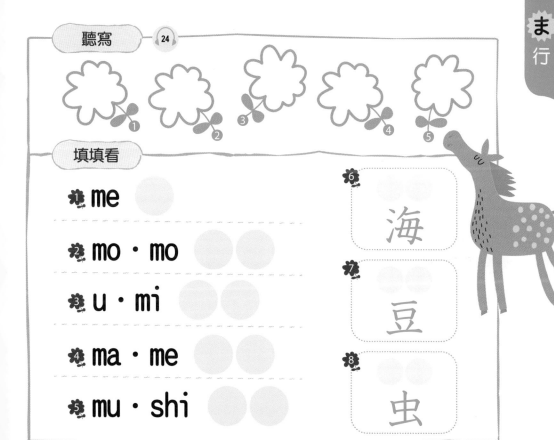

1. me

2. mo・mo

3. u・mi

4. ma・me

5. mu・shi

6. 海

7. 豆

8. 虫

**ya**

也 → や → や

哎呀 や！踩到狗屎差點滑倒 ▶

**yu**

由 → ゆ → ゆ

在烤魚上淋上醬油 ゆ 更好吃！ ▶

**yo**

与 → よ → よ

哎喲 よ！這藥好苦啊！ ▶

「やま
山
ya.ma
山

「ゆき
雪
yu.ki
雪

「たいよう
太陽
ta.i.yo.u
太陽

やゆよ
や
行

為什麼「や行」只有三個？

「や行」的音，本來應該有「ya / yi / yu / ye / yo」，
但是其中的「yi」已被「い」取代；「ye」已被「え」取代，
所以這一行就只剩「や」、「ゆ」、「よ」三個音啦！

| y | や | い | ゆ | え | よ |
|---|---|---|---|---|---|
|   | ya | yi | yu | ye | yo |

41

| や | っ | つ | や | や | や | や | や | や | や |
|---|---|---|---|---|---|---|---|---|---|
| | | | | | | | | | |
| | | | | | | | | | |
| ゆ | ロ | ゆ | ゆ | ゆ | ゆ | ゆ | ゆ | ゆ | ゆ |
| | | | | | | | | | |
| | | | | | | | | | |
| よ | ー | よ | よ | よ | よ | よ | よ | よ | よ |
| | | | | | | | | | |

や
ゆ
よ

や
行

聽寫　27

填填看

① yu・ki

② ta・i・yo・u

③ ya・ma

④ 太陽　⑤ 山　⑥ 雪

**ra**

良 → ら → ら

吃壞東西在馬桶上狂拉 ら 肚子 ▶

**ri**

利 → わ → り

用很利 り 的刀子削白蘿蔔皮 ▶

**ru**

留 → る → る

小胖露 る 出圓圓的肚子和肚臍 ▶

**re**

礼 → れ → れ

累 れ 到撐著枴杖走不動！ ▶

**ro**

呂 → ろ → ろ

爸爸有個肉肉 ろ 的鮪魚肚 ▶

さくら 桜 <ruby>さくら</ruby>
sa.ku.ra
櫻花

とり 鳥 <ruby>とり</ruby>
to.ri
鳥

くるま 車 <ruby>くるま</ruby>
ku.ru.ma
車子

らりるれろ
ら
行

れつ 列 <ruby>れつ</ruby>
re.tsu
行列

きいろ 黄色 <ruby>きいろ</ruby>
ki.i.ro
黃色

我們來學學顏色的說法吧！

「赤、白、青、黒」（紅、白、藍、黑）這四個名詞，字尾

加上「い」，就成了形容詞喔！

赤い（紅色的）、白い（白色的）、青い（藍色的）、黑い（黑色的）

但是日本紅綠燈叫「青信号」，為什麼呢？那不就成了「藍綠燈」

了嗎？因為日本原來對綠色的認知比較淺薄，綠色也被歸到

「青」裡，所以紅綠燈就被稱為「青信号」！

45

| | | | | | | | | | |
|---|---|---|---|---|---|---|---|---|---|
| ら | 、 | ら | ら | ら | ら | ら | ら | ら | ら |
| | | | | | | | | | |
| り | l | り | り | り | り | り | り | り | り |
| | | | | | | | | | |
| る | る | る | る | る | る | る | る | る | る |
| | | | | | | | | | |
| れ | l | れ | れ | れ | れ | れ | れ | れ | れ |
| | | | | | | | | | |
| ろ | ろ | ろ | ろ | ろ | ろ | ろ | ろ | ろ | ろ |

子音 R

ra
ru
ro
ri
re

らりるれろ　ら　行

聽寫 30

① ② ③ ④ ⑤

填填看

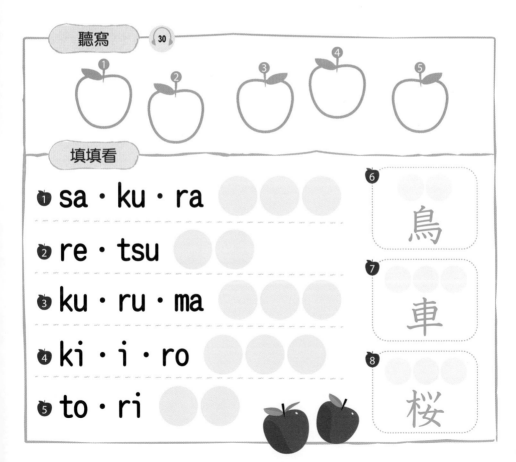

❶ sa・ku・ra

❷ re・tsu

❸ ku・ru・ma

❹ ki・i・ro

❺ to・ri

❻ 鳥

❼ 車

❽ 桜

47

wa

和 → わ → わ

哇沙米嗆得我哇哇 わ 大叫 ▶

o

遠 → を → を

被哥哥痛毆 を！好痛啊！ ▶

n

无 → え → ん

嗯 ん，什麼怪味道？好臭！ ▶

さかなをたべる 魚を食べる
sa.ka.na.o.ta.be.ru
吃魚

わたし 私
wa.ta.shi
我

みかん 蜜柑
mi.kan
橘子

わ
を

**わ**
行
ん
鼻音

為什麼「わ行」只有兩個假名？

「わ行」本來應該有「wa / wi / wu / we / wo」五個音，但是其中的「wu」被「う」取代；「ゐ」、「ゑ」在現代假名中已不使用，不列入五十音表中，所以這一行只剩「わ」、「を」兩個音。但是偶爾仍看得到「ゐ」及「ゑ」。

| W | わ | ゐ(い) | う | ゑ(え) | を |
|---|---|---|---|---|---|
| | wa | (w)i | (w)u | (w)e | wo |

49

わ

| | １ | わ | わ | わ | わ | わ | わ | わ |
|---|---|---|---|---|---|---|---|---|
| | | | | | | | | |
| | | | | | | | | |

を

| | 一 | ナ | を | を | を | を | を | を | を |
|---|---|---|---|---|---|---|---|---|---|
| | | | | | | | | | |
| | | | | | | | | | |

ん

| | ん | ん | ん | ん | ん | ん | ん | ん | ん |
|---|---|---|---|---|---|---|---|---|---|
| | | | | | | | | | |

wa

n

o

聽寫 33

① ② ③

填填看

① wa・ta・shi ○○○

② mi・ka・n ○○○

③ wa・ni・o・mi・ni・i・ku

○○○○○○○

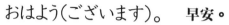

## 招呼語 ㉞

有些招呼語中出現尚未學到的「濁音」，請參照 P54 並配合 MP3 學習。

**1** おはよう(ございます)。　早安。
▶ 加上「ございます」表示更為尊敬。

**2** こんにちは。　午安。
▶ 接近中午，或中午以後都可以說。

**3** こんばんは。　晚安。
▶ 只要入夜後都可以說。

**4** お休み(なさい)。　晚安。
▶ 睡覺前，或當天晚上兩人不會再碰面，要分開時可以說這句話。

**5** さよ(う)なら。　再見。

**6** (どうも)ありがとう(ございます)。　謝謝。
▶ 「どうも」、「ございます」可以省略，但為了表示客氣或是尊敬，最好還是不要省略。也可以用過去式「どうもありがとうございました」。

**7** いいえ、どういたしまして。　不客氣。

**8** すみません。　對不起。
▶ 「すみません」、「ごめんなさい」同樣表示歉意，但是「すみません」是對長輩，或是關係不親近者使用；而「ごめんなさい」則是對平輩、晚輩，或是關係親近者使用。

**9** ごめん(なさい)。　抱歉。
另外，「すみません」也會使用在表達感謝之意時，「ごめんなさい」則不能用來表示感謝之意。

**10** どうぞ。　請。

**11** いただきます。　開動了。

**12** ごちそうさま。　我吃飽了；謝謝您的招待。

# PART 1.1

## 平仮名

### 濁音・拗音
### 促音・長音

濁音 35

| が行 | が<br>ga | ぎ<br>gi | ぐ<br>gu | げ<br>ge | ご<br>go |
| --- | --- | --- | --- | --- | --- |
| ざ行 | ざ<br>za | じ<br>ji | ず<br>zu | ぜ<br>ze | ぞ<br>zo |
| だ行 | だ<br>da | ぢ<br>ji | づ<br>zu | で<br>de | ど<br>do |
| ば行 | ば<br>ba | び<br>bi | ぶ<br>bu | べ<br>be | ぼ<br>bo |

半濁音

| ぱ行 | ぱ<br>pa | ぴ<br>pi | ぷ<br>pu | ぺ<br>pe | ぽ<br>po |
| --- | --- | --- | --- | --- | --- |

濁音　主要是清音中的「か行、さ行、た行、は行」等假名的右上角添加兩點「 ゛」。

「が行」假名不位於單字首的時候是發鼻濁音。

另外，「じ」音發作「ji」，不發作「zi」；

「ぢ」發作「ji」，不發作「di」；

「づ」發作「zu」，不發作「du」。

半濁音　是「は」右上角加上「 ゜」，只有 5 個音。

濁音、半濁音

濁音（平假名）單字

# めがね
me.ga.ne

めがね
眼鏡
眼鏡

# うさぎ
u.sa.gi

うさぎ
兎
兔子

# かぐ
ka.gu

かぐ
家具
傢具

# げんき
gen.ki

げんき
元気
健康有活力

# ごはん
go.han

ごはん
御飯
飯

# ひざ
hi.za

ひざ
膝
膝蓋

# ひつじ
hi.tsu.ji

ひつじ
羊
羊；綿羊

# ちず
chi.zu

ちず
地図
地圖

# かぜ
ka.ze

かぜ
風邪
感冒

55

### ぞう
zō

大象

### なみだ
na.mi.da

眼涙

### はなぢ
ha.na.ji

鼻血

### かんづめ
kan.zu.me

罐頭

### でんわ
den.wa

電話

### どく
do.ku

毒；毒藥

### かばん
ka.ban

手提包

### びん
bin

瓶子

### しんぶん
shin.bun

報紙

なべ
na.be
鍋子 なべ 鍋

ぼうし
bō.shi
帽子 ぼう し 帽子

半濁音（平假名）單字

かんぱ
kan.pa
寒流 かん ぱ 寒波

えんぴつ
en.pi.tsu
鉛筆 えんぴつ 鉛筆

てんぷら
ten.pu.ra
天婦羅 てん ぷ ら 天麩羅

たんぺん
tan.pen
短篇 たんぺん 短篇

さんぽ
san.po
散歩 さん ぽ 散歩

ぺこぺこ
pe.ko.pe.ko
肚子非常餓

57

| きゃ | kya | きゅ | kyu | きょ | kyo |
|------|-----|------|-----|------|-----|
| しゃ | sha | しゅ | shu | しょ | sho |
| ちゃ | cha | ちゅ | chu | ちょ | cho |
| にゃ | nya | にゅ | nyu | にょ | nyo |
| ひゃ | hya | ひゅ | hyu | ひょ | hyo |
| みゃ | mya | みゅ | myu | みょ | myo |
| りゃ | rya | りゅ | ryu | りょ | ryo |
| ぎゃ | gya | ぎゅ | gyu | ぎょ | gyo |
| じゃ | ja | じゅ | ju | じょ | jo |
| びゃ | bya | びゅ | byu | びょ | byo |
| ぴゃ | pya | ぴゅ | pyu | ぴょ | pyo |

　　拗音　是「い」段音加上小寫的「ゃ」、「ゅ」、「ょ」所構成的音，雖然寫成兩個字，但是讀一個音節。拼音方式類似中文注音的拼音方式。

例如「きゃ」就是「き」+「や」的音。
要注意的是拗音中的「ゃ」、「ゅ」、「ょ」是小字，只有原來假名的一半大小。

另外，拗音直寫時「ゃ」、「ゅ」、「ょ」偏右上；橫寫時「ゃ」、「ゅ」、「ょ」偏左下，位置有些不同，要特別留心。

例 きんぎょ　　直寫： き ん ぎょ

橫寫： き ん ぎ ょ

きゅう
kyū
九；9

きゅう
九

きょう
kyō
今天

きょう
今日

きんぎょ
kin.gyo
金魚

きんぎょ
金魚

しゃしん
sya.shin
照片

しゃしん
写真

こしょう
ko.shō
胡椒

こしょう
胡椒

じゃぐち
ja.gu.chi
水龍頭

じゃぐち
蛇口

じょうねつ
jō.ne.tsu
熱情

じょうねつ
情熱

こうちゃ
kō.cya
紅茶

こうちゃ
紅茶

ぎゅうにゅう
gyū.nyū
牛奶

ぎゅうにゅう
牛乳

促音

促音　是指發音時，停頓一個音節，然後再唸其他的音。
以「っ」（小寫字）來表示，只有一半假名大小。
電腦輸入日文時，打「ltu」、「xtu」或是重複下一個字的
子音，如「きって」輸入「kitte」，即可顯示。

# きって
ki.tte
郵票 　切手（きって）

# しっか
shi.kka
失火 　失火（しっか）

# せっけん
se.kken
肥皂 　石鹸（せっけん）

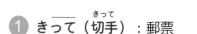

促音發音練習

1 きって（切手）：郵票
　きて（来て）：來
　（「来る」的「て」形）

2 せっけん（石鹸）：肥皂
　せけん（世間）：世間

3 しっか（失火）：失火
　しか（鹿）：鹿

4 おっと（夫）：丈夫
　おと（音）：聲響

5 しゃっきん（借金）：借款
　しゃきん（謝金）：酬謝禮金

6 ひっし（必死）：殊死；拼命
　ひし（皮脂）：皮脂

**長音** 是指字彙裡出現兩個母音連在一起時，將前面一個音的母音音節拉長一倍發音，如「おかあさん」（媽媽）。字彙裡兩個母音連在一起，如下述的規則：

| 規則 | | 單字 | |
|---|---|---|---|
| 1. あ段音＋ | あ | おかあさん<br>ka a | 媽媽 |
| 2. い段音＋ | い | おじいさん<br>ji i | 爺爺 |
| 3. う段音＋ | う | くうき<br>ku u | 空氣 |
| 4. え段音＋ | 「え」或「い」 | せいけん<br>se i | 政權 |
| | | おねえさん<br>ne e | 姊姊 |
| 5. お段音＋ | 「お」或「う」 | とおり<br>to o | 馬路 |
| | | ひこうき<br>ko u | 飛機 |

 **長音發音練習**

① くうき（空気）：空氣

くき（茎）：植物的莖

② せいけん（政権）：政權

せけん（世間）：世間

③ おじいさん（お爺さん）：爺爺

おじさん（叔父さん）：
叔叔、伯伯、姨丈、姑丈

④ とおり（通り）：大馬路

とり（鳥）：鳥

⑤ こうこく（広告）：廣告

ここく（故国）：故國

61

濁音

がぎぐげござじずぜぞだぢづでど

ばびぶべぼぱぴぷぺぽ

| | | | | | | | | |
|---|---|---|---|---|---|---|---|---|
| きゃ | | | | | りゃ | | | |
| きゅ | | | | | りゅ | | | |
| きょ | | | | | りょ | | | |
| しゃ | | | | | ぎゃ | | | |
| しゅ | | | | | ぎゅ | | | |
| しょ | | | | | ぎょ | | | |
| ちゃ | | | | | じゃ | | | |
| ちゅ | | | | | じゅ | | | |
| ちょ | | | | | じょ | | | |
| にゃ | | | | | びゃ | | | |
| にゅ | | | | | びゅ | | | |
| にょ | | | | | びょ | | | |
| ひゃ | | | | | ぴゃ | | | |
| ひゅ | | | | | ぴゅ | | | |
| ひょ | | | | | ぴょ | | | |
| みゃ | | | | | | | | |
| みゅ | | | | | | | | |
| みょ | | | | | | | | |

**1** 失礼<sub>しつれい</sub>します。　打擾了；對不起。

**2** じゃ、また あした。　那麼明天見。

**3** じゃ、また 来週<sub>らいしゅう</sub>。　那麼下禮拜見。

**4** ちょっと待<sub>ま</sub>ってください。　請等一下。

**5** いってきます。　我出去了；我出門囉。

**6** いってらっしゃい。　慢走。

**7** ただいま。　我回來了。

**8** お帰<sub>かえ</sub>り（なさい）。　歡迎回家。

**9** お元気<sub>げんき</sub>ですか。　您好嗎？

**10** お元気<sub>げんき</sub>で。　請保重。

**11** お気<sub>き</sub>をつけて。　請小心。

**12** お久<sub>ひさ</sub>しぶりです。　好久不見。

# PART 2

### Katakana

かたかな
片仮名

 **a**

阿 → 阿 → ア

啊 ア！夏天吃西瓜最消暑了 ▶

 **i**

伊 → 伊 → イ

護士拿著一 イ 隻很大的針筒 ▶

 **u**

宇 → 宇 → ウ

烏 ウ 黑的夜裡有隻貓頭鷹 ▶

 **e**

江 → 江 → エ

欸 エ！工人踩到香蕉皮跌倒了 ▶

 **o**

於 → 於 → オ

O オ 型人才很樂觀 ▶

アイス
a.i.su
冰塊
 ice

コイン
ko.in
硬幣
 coin

ウエスト
u.e.su.to
腰；腰圍
 waist

アイウエオ ア 行

エア
e.a
空氣
 air

オイル
o.i.ru
油
oil

　　您已經背熟 46 個平假名了嗎？只要背熟了平假名，那接著背片假名就快多了哦！其實，平假名和片假名就像是英文的大小寫一樣，只要有這一層的認識，在學習心裡上就不會自築門檻產生排距感。

　　片假名具有「標音」的特別功能，用來標示外來語。熟記片假名，讀起大量使用外來語的時尚流行雜誌，就能輕易上手了。

67

| ア | ⟶ ① ② ↓ ア | 一 | ア | ア | ア | ア | ア | ア | ア |
| イ | ① イ ② | ノ | イ | イ | イ | イ | イ | イ | イ |
| ウ | ① ② ↓ ③ ウ | ` | `' | ウ | ウ | ウ | ウ | ウ | ウ |
| エ | ① ⟶ ② ↓ ③ ⟶ エ | 一 | T | エ | エ | エ | エ | エ | エ |
| オ | ② ↓ ① ⟶ ③ オ | 一 | 才 | オ | オ | オ | オ | オ | オ |

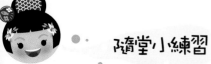

アイウエオ ア行

5個母音

a

u o

i

e

聽寫 🔊46

エ ① ② ③ ④ ⑤

填填看

例1 o・i・a オイア

① i・e・o

② e・a・u

③ u・i・e

④ a・u・o

例2 あい
アイ

⑤ うえ

⑥ あお

69

 **ka**

加 → か → カ

貨卡 カ 加油後，跑起來很夠力 ▶

 **ki**

幾 → き → キ

坐飛機來去 キ 夏威夷 ▶

 **ku**

久 → ク → ク

工作太辛苦 ク，腰都挺不直了 ▶

 **ke**

介 → ケ → ケ

「欠」寫成「ケ」，你很欠 K ケ 欸！ ▶

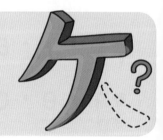

 **ko**

己 → コ → コ

口渴喝杯 cola コ 最過癮啦！ ▶

❀「ー」是片假名的長音標示，片假名單字很常用到，可以先學。

カー
kā　car
車子

キウイ
ki.u.i　kiwi
奇異果

クラス
ku.ra.su　class
班級

ケーキ
kē.ki　cake
蛋糕

ココア
ko.ko.a　cocoa
可可亞

カキクケコ
カ行

日文的標點符號位置，與中文好像不一樣？

　　日文標點符號在文中的位置與中文不同。中文標點符號置中，而日文是偏底下，如：

日　私は学生です。　　中　我是學生。

　　另外，日文裡的「問號」使用與中文有些差異。日文有「か」助詞表示疑問，所以即使是在「疑問句」結尾也是用「句號」。不過，受到外文的影響，也開始慢慢使用問號。此外，日文中「、」等同中文的「，」功能。

| カ | フ | カ | カ | カ | カ | カ | カ | カ |
|---|---|---|---|---|---|---|---|---|
| | | | | | | | | |
| キ | 一 | 二 | キ | キ | キ | キ | キ | キ |
| | | | | | | | | |
| ク | ノ | ク | ク | ク | ク | ク | ク | ク |
| | | | | | | | | |
| ケ | ノ | ト | ケ | ケ | ケ | ケ | ケ | ケ |
| | | | | | | | | |
| コ | フ | フ | コ | コ | コ | コ | コ | コ |
| | | | | | | | | |

子音 k

ka
ku
ko
ki
ke

カ
キ
ク
ケ
コ

カ
行

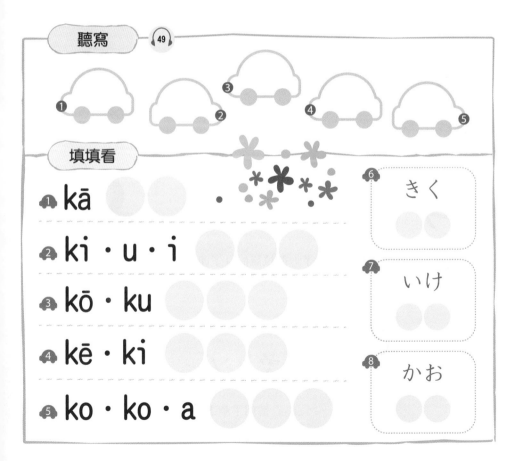

聽寫 49

① ② ③ ④ ⑤

填填看

① kā

② ki・u・i

③ kō・ku

④ kē・ki

⑤ ko・ko・a

⑥ きく

⑦ いけ

⑧ かお

## サ sa

散 → 𦰩 → サ

兩隻吸管喝沙 サ 士 ▶

## シ shi

之 → 㣺 → シ

多吃維他命 C シ 就會水水的哦！▶

## ス su

須 → 頂 → ス

四 ス 吋的摺疊椅 ▶

## セ se

世 → セ → セ

今天 set セ 了一個拉風的丸子頭！▶

## ソ so

曾 → 曾 → ソ

情侶手牽手 ソ ▶

サイン
sa.in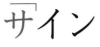
簽名

シー
shī
海洋

キス
ki.su
親吻

サシスセソ

サ
行

セーター
sē.tā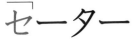
毛線衣

ソース
sō.su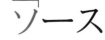
醬汁（西餐的）

### 五十音真的有五十個音嗎？

　　聰明的你一定發現五十音指的是 45 個清音加 1 個鼻音。總共是 46 個假名。

　　五十音圖裡橫列稱為「行」；縱列稱為「段」。所以有「あかさたなはまやらわ」等十行；「あいうえお」等五段，總共應該有五十個假名，為什麼只剩 46 個呢？

　　其實，由於五十音中有些字已經廢用，或與「あ」行音重複，所以如今實際使用的只有 45 個音，加上鼻音共是 46 個。

75

| | | | | | | | | | | |
|---|---|---|---|---|---|---|---|---|---|---|
| **サ** | 一 | 十 | サ | サ | サ | サ | サ | サ | サ | サ |
| | | | | | | | | | | |
| | | | | | | | | | | |
| **シ** | ゝ | ゝ | シ | シ | シ | シ | シ | シ | シ | シ |
| | | | | | | | | | | |
| | | | | | | | | | | |
| **ス** | フ | ス | ス | ス | ス | ス | ス | ス | ス | ス |
| | | | | | | | | | | |
| | | | | | | | | | | |
| **セ** | ㇔ | セ | セ | セ | セ | セ | セ | セ | セ | セ |
| | | | | | | | | | | |
| | | | | | | | | | | |
| **ソ** | ゝ | ソ | ソ | ソ | ソ | ソ | ソ | ソ | ソ | ソ |
| | | | | | | | | | | |
| | | | | | | | | | | |

子音 S

shi

sa

se

su

so

サシスセソ

サ
行

聽寫 52

① ② ③ ④ ⑤

填填看

🍀① sā・ka・su ○ ○ ○ ○

🍀② shī ○ ○

🍀③ ki・su ○ ○

🍀④ se・ki ○ ○

🍀⑤ sō・su ○ ○ ○

⑥ さけ ○ ○

⑦ うそ ○ ○

77

ta

多 → ⁊ → タ

夕陽真是太 タ 美了 ▶

chi

千 → チ → チ

大師的畫作千 チ 秋萬世永流傳 ▶

tsu

川 → ·ツ → ツ

清澈的河川裡有三隻 ツ 水鳥 ▶

te

天 → 天 → テ

最近天天 テ 下雨！ ▶

to

止 → 止 → ト

偷偷 ト 地去求籤卜卦 ▶

## タクシー
ta.ku.shī  taxi
計程車

## チキン
chi.kin chicken
雞肉

🍀 片假名單字常用到鼻音「ン」，大家可以先學。

## ツナ
tsu.na tuna
鮪魚（鮪魚罐頭）

タチツテト
タ行

## テスト
te.su.to test
考試；測驗

## トースト
tō.su.to toast
烤土司

 **電腦輸入「ん」時，要打「nn」還是「n」？**

輸入時要打「nn」，因為如果只打「n」，碰到「な行」或是「ん」出現在單字最後一個字時，則會產生打錯字的問題。

但是如果沒有碰到「な行」，只打「n」也會出現「ん」。

例如：電車 ⟶ densha ⟶ でんしゃ

新幹線 ⟶ sinkansenn ⟶ しんかんせん

| | | ノ | ク | タ | タ | タ | タ | タ | タ | タ |
|---|---|---|---|---|---|---|---|---|---|---|
| タ | | | | | | | | | | |
| | | | | | | | | | | |

| | | ノ | 二 | チ | チ | チ | チ | チ | チ | チ |
|---|---|---|---|---|---|---|---|---|---|---|
| チ | | | | | | | | | | |

| | | 丶 | ゛ | ツ | ツ | ツ | ツ | ツ | ツ | ツ |
|---|---|---|---|---|---|---|---|---|---|---|
| ツ | | | | | | | | | | |
| | | | | | | | | | | |

| | | 一 | 二 | テ | テ | テ | テ | テ | テ | テ |
|---|---|---|---|---|---|---|---|---|---|---|
| テ | | | | | | | | | | |

| | | I | ト | ト | ト | ト | ト | ト | ト | ト |
|---|---|---|---|---|---|---|---|---|---|---|
| ト | | | | | | | | | | |
| | | | | | | | | | | |

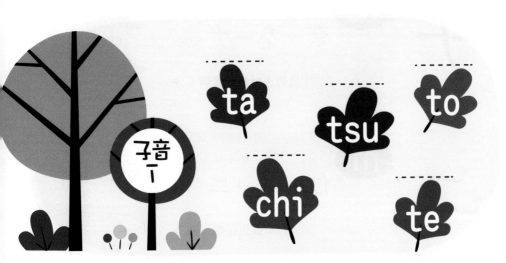

子音 ー

ta　tsu　to　chi　te

タチツテト
タ
行

## 聽寫 🔊55

### 填填看

1. ta・ku・shī
2. chī・ta
3. tsu・ā
4. te・su・to
5. tō・su・to

6. した
7. とけい
8. くつ

**na**

奈 → 奈 → ナ

奈 ナ 良的古城好壯觀啊！ ▶

**ni**

仁 → 二 → 二

兩 二 條魚在盤子裡 ▶

**nu**

奴 → 奴 → ヌ

奴 ヌ 隸受不了壞主人，逃跑了 ▶

**ne**

祢 → 祢 → ネ

這件洋裝真是超級漂亮捏 ネ ！ ▶

**no**

乃 → 乃 → ノ

Oh~No ノ ！衣服被貓抓了道裂縫 ▶

**ナイフ**
na.i.fu knife
刀子

**テニス**
te.ni.su tennis
網球

**ヌード**
nū.do nude
裸體

**ネクタイ**
ne.ku.ta.i necktie
領帶

**ノート**
nō.to note
筆記

ナ
ニ
ヌ
ネ
ノ

ナ
行

---

タ、ク 「タ (ta)」、「ク (ku)」
兩字的差別在於中間的一點。

タ→タ ク→ク

ニ、こ 「ニ (ni)」要寫得剛直些，
「こ (ko)」則要寫得圓滑些。

ニ→ニ ニ→ン ニ→ニ

ス、ヌ 「ス (su)」小心下方一劃點
不要突出，易與「ヌ (nu)」混淆。

ス→ス ヌ→ヌ

| | | | | | | | | | |
|---|---|---|---|---|---|---|---|---|---|
| ナ | 一 | ナ | ナ | ナ | ナ | ナ | ナ | ナ | ナ |
| | | | | | | | | | |
| 二 | ー | 二 | 二 | 二 | 二 | 二 | 二 | 二 | 二 |
| | | | | | | | | | |
| ヌ | フ | ヌ | ヌ | ヌ | ヌ | ヌ | ヌ | ヌ | ヌ |
| | | | | | | | | | |
| ネ | 、 | ラ | ネ | ネ | ネ | ネ | ネ | ネ | |
| | | | | | | | | | |
| ノ | ノ | ノ | ノ | ノ | ノ | ノ | ノ | ノ | |
| | | | | | | | | | |

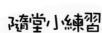

子音 N

na

nu

no

ni

ne

ナ
ニ
ヌ
ネ
ノ

ナ
行

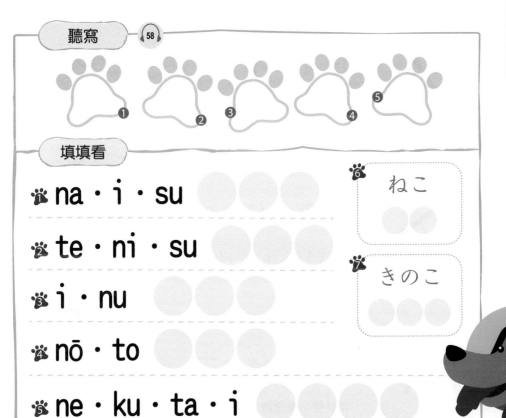

聽寫 58

① ② ③ ④ ⑤

填填看

① na・i・su

② te・ni・su

③ i・nu

④ nō・to

⑤ ne・ku・ta・i

⑥ ねこ

⑦ きのこ

85

**ha**

八 → ノヽ → ハ

小明養的哈 ハ 巴狗好可愛 ▶

**hi**

比 → ㄵヒ → ヒ

姊姊愛喝 coffee ヒ ▶

**fu**

不 → 不 → フ

色狼不 フ 要靠近我 ▶

**he**

部 → 彡 → へ

黑 へ 先生每天作 100 下伏地挺身 ▶

**ho**

保 → 侏 → ホ

哥哥雙手提重物也 hold ホ 得住 ▶

**ハウス**
ha.u.su
房子
house

**コーヒー**
kō.hī
咖啡
coffee

**マフラー**
ma.fu.rā
圍巾
muffler

ハヒフヘホ ハ 行

**ヘア**
he.a
頭髮；毛髮
hair

**ホテル**
ho.te.ru
旅館；飯店
hotel

フ、ヌ 「フ (fu)」、「ヌ (nu)」
兩字只差下方一劃。
フ→ス✕　ヌ→ス✕

ヘ、て 「ヘ (he)」的轉彎處要寫得明顯一點，整體
字型要稍微扁長一點，不要寫成英文的倒「∨」。
也不要寫成平假名
的「て (te)」。
ヘ→へ✕　ヘ→ㇸ✕　ヘ→ヘ✕　ヘ→て✕

87

| ハ | ノ | ハ | ハ | ハ | ハ | ハ | ハ | ハ | ハ |
| | | | | | | | | | |
| ヒ | 一 | ヒ | ヒ | ヒ | ヒ | ヒ | ヒ | ヒ | ヒ |
| | | | | | | | | | |
| フ | フ | フ | フ | フ | フ | フ | フ | フ | フ |
| | | | | | | | | | |
| ヘ | ヘ | ヘ | ヘ | ヘ | ヘ | ヘ | ヘ | ヘ | ヘ |
| | | | | | | | | | |
| ホ | 一 | ナ | オ | ホ | ホ | ホ | ホ | ホ | ホ |
| | | | | | | | | | |

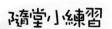

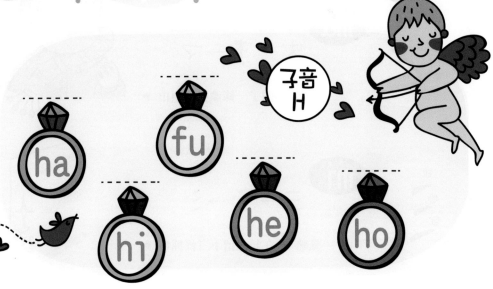

子音
H

ハ ヒ フ ヘ ホ

ハ行

聴寫　61

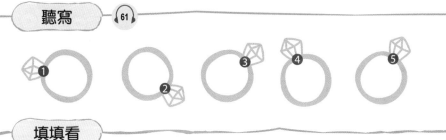

① ② ③ ④ ⑤

填填看

① ha・u・su

② kō・hī

③ hō・su

④ he・a

⑤ ma・i・ku

⑥ へそ

⑦ ほし

⑧ ふね

**ma**

末 → 末 → マ

媽媽 マ 圍了一條漂亮的圍巾 ▶

**mi**

三 → ミ → ミ

貓咪 ミ 在牆上留下三條抓痕 ▶

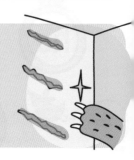

**mu**

牟 → 牟 → ム

母 ム 牛在吃草 ▶

**me**

女 → 女 → メ

美女 メ 要注意坐姿喔！ ▶

**mo**

毛 → 毛 → モ

毛毛 モ 蟲在吃葉子 ▶

# トマト
to.ma.to tomato
番茄

# ミルク
mi.ru.ku milk
牛奶

# ハム
ha.mu ham
火腿

マ
ミ
ム
メ
モ

マ
行

# メロン
me.ron melon
哈密瓜

# メモ
me.mo memo
筆記；紀錄

シ、ツ、ミ 「シ (shi)」最後一劃是由下往上撇；而「ツ (tsu)」的最後一劃是由上往下撇；「ミ (mi)」則是由上往下三劃斜筆。

シ→シ ツ→リ ミ→彡

メ、X 「メ (me)」的右邊一畫要稍微彎曲一點，不要寫成英文的「X」。

メ→X

91

| マ | フ | マ | マ | マ | マ | マ | マ | マ | マ |
| ミ | ` | ミ | ミ | ミ | ミ | ミ | ミ | ミ | ミ |
| ム | ㄥ | ム | ム | ム | ム | ム | ム | ム | ム |
| メ | ノ | メ | メ | メ | メ | メ | メ | メ | メ |
| モ | ー | ニ | モ | モ | モ | モ | モ | モ | モ |

## 聽寫 64

填填看

1 to·ma·to

2 mi·ni

3 ha·mu

4 me·i·ku

5 me·mo

6 まめ

7 むし

8 うみ

**ya**

也 → ヤ → ヤ

烤魚真是好吃呀 ヤ ▶

**yu**

由 → 西 → ユ

Happy birthday to you ユ ▶

**yo**

与 → 彐 → ヨ

每天要補充優 ヨ 質維他命 E ！ ▶

タイヤ

ta.i.ya　tire
輪胎

「ユニホーム
yu.ni.hō.mu　uniform
制服

ヤユヨ

ヤ

行

ヨーグルト
yō.gu.ru.to　yoghurt
優酪乳

ヤ、セ 「ヤ (ya)」的左方一劃筆
直斜寫；「セ (se)」則需轉彎。

ヤ→ヤ　セ→ヤ

ユ、コ 兩字只差下方有沒有突出，「コ (ko)」下方
一劃若是不小心突出，容易與「ユ (yu)」混淆。

ユ→コ　コ→ユ　コ→ヨ

| ヤ | ─ヤ | ヤ | ヤ | ヤ | ヤ | ヤ | ヤ | ヤ | ヤ |
| ユ | フユ | ユ | ユ | ユ | ユ | ユ | ユ | ユ | ユ |
| ヨ | フヨ | ヨ | ヨ | ヨ | ヨ | ヨ | ヨ | ヨ | ヨ |

隨堂小練習

子音
ㄚ

ya

yo

yu

ヤ
ユ
ヨ

ヤ
行

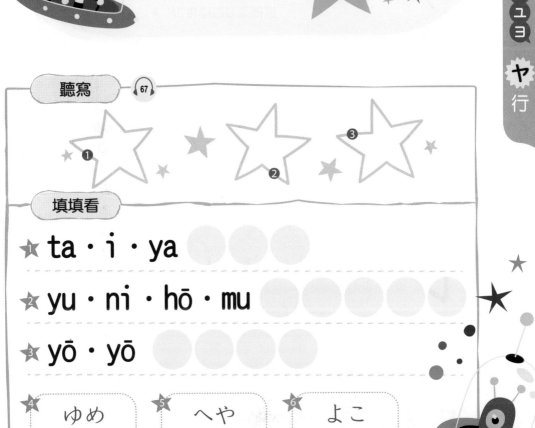

聽寫 🎧67

① ② ③

填填看

☆ ta・i・ya ◯◯◯

☆ yu・ni・hō・mu ◯◯◯◯◯

☆ yō・yō ◯◯◯◯

④ ゆめ ◯◯

⑤ へや ◯◯

⑥ よこ ◯◯

**ra**

良 → 卣 → ラ

紅蘿蔔可以直接涼拌沙拉 ラ 生吃 ▶

**ri**

利 → 利 → リ

這把菜刀很鋒利 リ ▶

**ru**

流 → 流 → ル

這條路 ル 的車流量很多 ▶

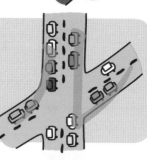

**re**

礼 → 礼 → レ

切了一半的 lemon レ ！ ▶

**ro**

呂 → 呂 → ロ

跟好朋友透露 ロ 一個秘密 ▶

## カメラ
ka.me.ra camera
相機

## クリスマス
ku.ri.su.ma.su Christmas
聖誕節

## メール
mē.ru mail
（電子）郵件

## レタス
re.ta.su lettuce
萵苣

## セロリ
se.ro.ri celery
芹菜

### 為什麼「ら（ラ）」讀音類似「拉」，不作捲舌音？

「ら行」的「ら（ラ）」、「り（リ）」、「る（ル）」、「れ（レ）」、「ろ（ロ）」的羅馬拼音分別為 /ra/、/ri/、/ru/、/re/、/ro/，但是實際發音時，「ら」字的子音「r」不發英文的捲舌音，而是唸成「拉」/ra/ 哦！

其他的「り（リ）」、「る（ル）」、「れ（レ）」、「ろ（ロ）」也依此類推，發音時請特別注意！

# ラリルレロ 練習寫寫看

| | | | | | | | | | |
|---|---|---|---|---|---|---|---|---|---|
| ①→ ②→ ラ | 一 | ラ | ラ | ラ | ラ | ラ | ラ | ラ | ラ |
| ①↓ ②↓ リ | 丨 | リ | リ | リ | リ | リ | リ | リ | リ |
| ①↓ ②↓ ル | ノ | ル | ル | ル | ル | ル | ル | ル | ル |
| ①↓ レ | レ | レ | レ | レ | レ | レ | レ | レ | レ |
| ①↓ ②→ ③→ ロ | 丨 | 冂 | ロ | ロ | ロ | ロ | ロ | ロ | ロ |

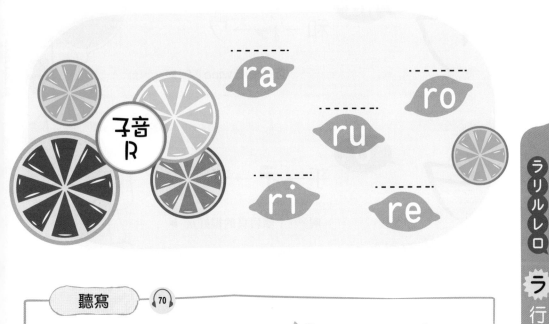

ラリルレロ
ラ
行

## 聽寫 70

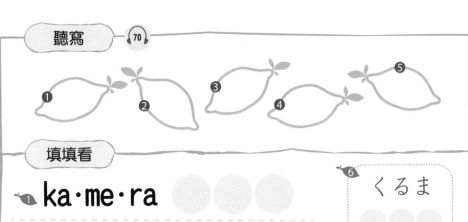

① ② ③ ④ ⑤

## 填填看

① ka・me・ra　○ ○ ○

② se・ro・ri　○ ○ ○

③ mē・ru　○ ○

④ re・ta・su　○ ○ ○

⑤ ku・ri・su・ma・su　○ ○ ○ ○ ○

⑥ くるま　○ ○ ○

⑦ さくら　○ ○ ○

**wa**

和 → 和 → ワ

爸爸愛喝 wine ワ ▶

**o**

乎 → 乎 → ヲ

喔 ヲ！攀岩真的很好玩 ▶

**n**

尔 → 尓 → ン

嗯 ン！汽水好冰啊！ ▶

✿ 「ヲ」使用機會相當少。

## ワイン
wa.i.n  (wine)
葡萄酒；洋酒

## インク
i.n.ku  (ink)
墨水

ワ ヲ

**ワ**

行

ン 鼻音

**ワ、ウ、ク**「ワ (wa)」、「ウ (u)」兩字只差上方的一點。「ク (ku)」則上方略窄，右邊第一筆較長。

ワ→ウ ✕　ウ→ワ ✕　ク→ワ ✕

**ン、ソ**「ン (n)」最後一劃由下往上撇，而「ソ (so)」則是由上往下撇。

ン→ソ ✕　ソ→ン ✕

**ヲ、ヌ**　兩字上方相似，但是「ヲ (wo)」下方是一橫，「ヌ (nu)」下方是一點。另外，「ヲ」，不會出現在單字中。

ヲ→フ ✕　ヌ→ヲ ✕　ヌ→ヌ ✕

103

| | | | | | | | | | |
|---|---|---|---|---|---|---|---|---|---|
| **ワ** | ノ | ワ | ワ | ワ | ワ | ワ | ワ | ワ | ワ |
| | | | | | | | | | |
| | | | | | | | | | |
| | | | | | | | | | |
| **ヲ** | フ | ヲ | ヲ | ヲ | ヲ | ヲ | ヲ | ヲ | ヲ |
| | | | | | | | | | |
| | | | | | | | | | |
| | | | | | | | | | |
| **ン** | 丶 | ン | ン | ン | ン | ン | ン | ン | ン |
| | | | | | | | | | |

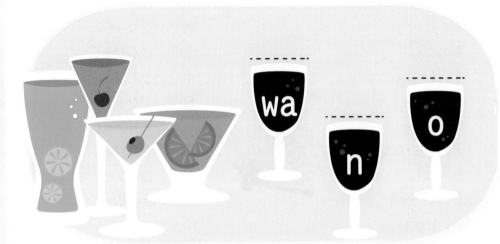

ワ ヲ

**ワ** 行

ン 鼻音

聽寫 73

❶　❷　❸

填填看

❶ wa・i・n

❷ i・n・ku

❸ wa・i・fu

❹ re・mo・n

❺ ku・re・yo・n

❻ わたし

❼ みかん

## 数字

0：れい・ゼロ
1：いち
2：に
3：さん
4：し・よん
5：ご
6：ろく
7：しち・なな
8：はち
9：く・きゅう
10：じゅう

11：じゅういち
12：じゅうに
13：じゅうさん
14：じゅうよん・じゅうし
15：じゅうご
16：じゅうろく
17：じゅうなな・じゅうしち
18：じゅうはち
19：じゅうきゅう・じゅうく
20：にじゅう

30：さんじゅう
40：よんじゅう
50：ごじゅう
60：ろくじゅう
70：ななじゅう
80：はちじゅう
90：きゅうじゅう

100：ひゃく
200：にひゃく
300：さんびゃく
400：よんひゃく
500：ごひゃく
600：ろっぴゃく
700：ななひゃく
800：はっぴゃく
900：きゅうひゃく

1000：せん
2000：にせん
3000：さんぜん
4000：よんせん
5000：ごせん
6000：ろくせん
7000：ななせん
8000：はっせん
9000：きゅうせん

一万：いちまん
十万：じゅうまん
百万：ひゃくまん
一千万：いっせんまん
一億：いちおく

0.26：れいてんにろく

⅓：三分の一
　　さんぶんのいち

106

PART 2.1

片仮名

濁音・拗音
促音・長音
特殊音

| | | | | | |
|---|---|---|---|---|---|
| ガ<sub>行</sub> | ガ<br>ga | ギ<br>gi | グ<br>gu | ゲ<br>ge | ゴ<br>go |
| ザ<sub>行</sub> | ザ<br>za | ジ<br>ji | ズ<br>zu | ゼ<br>ze | ゾ<br>zo |
| ダ<sub>行</sub> | ダ<br>da | ヂ<br>ji | ヅ<br>zu | デ<br>de | ド<br>do |
| バ<sub>行</sub> | バ<br>ba | ビ<br>bi | ブ<br>bu | ベ<br>be | ボ<br>bo |

❀ 片假名的「ヂ」與「ヅ」幾乎不用。

| | | | | | |
|---|---|---|---|---|---|
| パ<sub>行</sub> | パ<br>pa | ピ<br>pi | プ<br>pu | ペ<br>pe | ポ<br>po |

濁音（片假名）單字

**ガイド**
ga.i.do  guide
導遊

**ギター**
gi.tā guitar
吉他

**グラス**
gu.ra.su glass
玻璃杯

**ゲーム**
gē.mu game
競技；遊戲

**ゴルフ**
go.ru.fu golf
高爾夫球

**ビザ**
bi.za visa
簽證

**オレンジ**
o.ran.ji orange
柳橙

**チーズ**
chī.zu cheese
起司

**ゼリー**
ze.rī jelly
果凍

109

### ゾンビ
zon.bi
殭屍

### サラダ
sa.ra.da
沙拉

### デート
dē.to
約會

### ドア
do.a
門

### バス
ba.su
公車

### ビタミン
bi.ta.min
維他命

### クラブ
ku.ra.bu
俱樂部；社團

### ベーコン
bē.kon
培根

### ボール
bō.ru
球

半濁音（片假名）單字

濁音、半濁音

## スパイ
su.pa.i spy
間諜

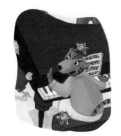

## ピアノ
pi.a.no piano
鋼琴

## プリン
pu.rin pudding
布丁

## ペン
pen pen
筆

## ポスター
po.su.tā poster
海報

## パスタ
pa.su.ta pasta
義大利麵

## ピン
pin pin
髮夾；別針

## プリンター
pu.rin.tā printer
印表機

## パスポート
pa.su.pō.to passport
護照

111

| キャ | kya | キュ | kyu | キョ | kyo |
|------|-----|------|-----|------|-----|
| シャ | sha | シュ | shu | ショ | sho |
| チャ | cha | チュ | chu | チョ | cho |
| ニャ | nya | ニュ | nyu | ニョ | nyo |
| ヒャ | hya | ヒュ | hyu | ヒョ | hyo |
| ミャ | mya | ミュ | myu | ミョ | myo |
| リャ | rya | リュ | ryu | リョ | ryo |
| ギャ | gya | ギュ | gyu | ギョ | gyo |
| ジャ | ja | ジュ | ju | ジョ | jo |
| ビャ | bya | ビュ | byu | ビョ | byo |
| ピャ | pya | ピュ | pyu | ピョ | pyo |

80

キャンプ
kyan.pu  camp
露營

ギャンブル
gyan.bu.ru  gamble
賭博

シャワー
sha.wā  shower
淋浴

112

シュガー
shu.gā　sugar
砂糖

マンション
man.shon　mansion
公寓大廈

ジャム
ja.mu　jam
果醬

ジュース
jū.su　juice
果汁

ジョギング
jo.gin.gu　jogging
慢跑

チャンス
chan.su　chance
機會

チョコレート
cho.ko.rē.to　chocolate
巧克力

ニュース
nyū.su　news
新聞

ミュージック
myū.ji.kku　music
音樂

113

片假名的促音以小寫字「ッ」來表示，只有一半假名大小，
例如：「キッチン」（廚房）。

片假名的長音以「ー」來表示，例如：「ケーキ」（蛋糕）。只
要按鍵盤中的「ー」鍵，就可以顯示片假名的長音符號了「ー」。

除了上面的拗音之外，在日文的外來語中還會看到像是「ウェ」、
「フォ」、「ファ」等等的特殊音。
這些音都是為了能夠更精準地拼出外國語音而演變出來的。
這些特殊音通常將只有原片假名的一半大小的「ァ」、「ィ」、
「ェ」、
「ォ」加上
其他的假名，
以類似「拗
音」的拼字
法，拼出這
些特殊音。

| ウィ wi | ウェ we | ウォ wo | |
|---|---|---|---|
| クァ kwa | グァ gwa | シェ she | ジェ je |
| スィ suli | ズィ zuli | チェ che | |
| ツァ tsa | ツェ tse | ツォ tso | |
| ティ teli | ディ deli | デュ delyu | |
| ファ fa | フィ fi | フェ fe | フォ fo |

**ウィンドウ**
win.dō  window
窗戶

**ウェブ**
we.bu web
網頁

**ウォーター**
wō.tā water
水

**シェフ**
she.fu chef
主廚

**ジェット**
je.tto jet
噴射機

**チェリー**
che.rī cherry
櫻桃

**パーティー**
pā.telī party
宴會

**メロディー**
me.ro.delī melody
旋律

**ソファー**
so.fā sofa
沙發

**フィルム**
fi.ru.mu film
膠卷；影片

**フェリー**
fe.rī ferry
渡輪

**フォーク**
fō.ku fork
叉子

促音、長音、特殊音

濁音

| ガ | | | | | | バ | | | | | |
| ギ | | | | | | ビ | | | | | |
| グ | | | | | | ブ | | | | | |
| ゲ | | | | | | ベ | | | | | |
| ゴ | | | | | | ボ | | | | | |
| ザ | | | | | | パ | | | | | |
| ジ | | | | | | ピ | | | | | |
| ズ | | | | | | プ | | | | | |
| ゼ | | | | | | ペ | | | | | |
| ゾ | | | | | | ポ | | | | | |
| ダ | | | | | | | | | | | |
| ヂ | | | | | | | | | | | |
| ヅ | | | | | | | | | | | |
| デ | | | | | | | | | | | |
| ド | | | | | | | | | | | |

| キャ | | | | | リャ | | | | |
| キュ | | | | | リュ | | | | |
| キョ | | | | | リョ | | | | |
| シャ | | | | | ギャ | | | | |
| シュ | | | | | ギュ | | | | |
| ショ | | | | | ギョ | | | | |
| チャ | | | | | ジャ | | | | |
| チュ | | | | | ジュ | | | | |
| チョ | | | | | ジョ | | | | |
| ニャ | | | | | ビャ | | | | |
| ニュ | | | | | ビュ | | | | |
| ニョ | | | | | ビョ | | | | |
| ヒャ | | | | | ピャ | | | | |
| ヒュ | | | | | ピュ | | | | |
| ヒョ | | | | | ピョ | | | | |
| ミャ | | | | | | | | | |
| ミュ | | | | | | | | | |
| ミョ | | | | | | | | | |

| 特殊音 | ウィ | | ツァ | |
|---|---|---|---|---|
| | ウェ | | ツェ | |
| | ウォ | | ツォ | |
| | クァ | | ティ | |
| | グァ | | ディ | |
| | シェ | | デュ | |
| | ジェ | | ファ | |
| | スィ | | フィ | |
| | ズィ | | フェ | |
| | チェ | | フォ | |

PART 3

*Exercises*

隨堂
總複習

あ
い
う
え
お
か
き
く
け
こ
さ
し
す
せ
そ
た
ち
つ
て
と

日文的假名順序非常重要，牽涉到將來的動詞變化學習。大家再多花些時間練習吧！

隨堂總複習

## 隨堂總複習

### 看圖寫出正確的答案

| ①  | ②  | ③  | ④  |
|---|---|---|---|

| ⑤  | ⑥  | ⑦  | ⑧  |
|---|---|---|---|

| ⑨  | ⑩  | ⑪  | ⑫  |
|---|---|---|---|

### 聽音檔選出正確答案 ㉘

例 くるま・くろま　① ざる・さる　② らつぱ・らっぱ

③ いし・りし　④ ふうせん・ふうさん　⑤ をに・おに

⑥ えんぴつ・えんひつ　⑦ ちうしゃ・ちゅうしゃ

1.スリッパ　2.ふじ　3.うし　4.さかな
5.いぬ　6.みかん　7.め　8.とけい
9.ねこ　10.きのこ　11.かに　12.くるま

1.さる　2.らっぱ　3.いし　4.ふうせん
5.おに　6.えんぴつ　7.ちゅうしゃ

聽音檔寫出正確假名　84

| 例 | ① | ② |
|---|---|---|
| ⬤ ⬤ ⬤<br>ぎ ん こう | ⬤⬤ ⬤⬤⬤⬤ | ⬤ |
| 銀 行 | 郵 便 局 | 駅 |

| ③ | ④ | ⑤ |
|---|---|---|
| ⬤⬤ ⬤⬤ | ⬤⬤ ⬤⬤ | ⬤⬤ ⬤⬤ |
| 病 院 | 神 社 | 旅 館 |

| ⑥ | ⑦ | ⑧ |
|---|---|---|
| ⬤⬤⬤⬤ ⬤⬤ | ⬤⬤ | ⬤⬤ ⬤⬤ |
| 出 張 | 風 | 会 議 |

| ⑨ | ⑩ | ⑪ |
|---|---|---|
| ⬤⬤ ⬤ | ⬤⬤⬤ ⬤⬤⬤ | ⬤⬤ ⬤⬤ |
| 電 話 | 勉 強 | 元 気 |

6. 出張 しゅっちょう　7. 風 かぜ　8. 会議 かいぎ　9. 電話 でんわ　10. 勉強 べんきょう　11. 元気 げんき

1. 郵便局 ゆうびんきょく　2. 駅 えき　3. 病院 びょういん　4. 神社 じんじゃ　5. 旅館 りょかん

隨堂總複習

## 聽音檔圈選正確答案 （85）

（例）（パン）・バン　❶ イス・イヌ　❷ ヨット・ヨット

❸ ワインナー・ウインナー　❹ ケーキ・ケキ

❺ フルーツ・フルーシ　❻ ネックレス・ネクレス

❼ スリッパ・スリーパ　❽ トースト・ナースト

## 聽音檔寫出正確假名 （86）

（例） アメリカ
a.me.ri.ka

❶  ○○○○
fu.ran.su

❷  ○○○○
ma.rē.shi.a

❸  ○○○○○○
ō.su.to.ra.ri.a

❹  ○○○
su.i.su

❺  ○○○○○○
nyū.jī.ran.do

❻  ○○○○
be.to.na.mu

❼  ○○○○○
shin.ga.pō.ru

## 数　量

| 一個 | ： | ひとつ |
|---|---|---|
| 二個 | ： | ふたつ |
| 三個 | ： | みっつ |
| 四個 | ： | よっつ |
| 五個 | ： | いつつ |
| 六個 | ： | むっつ |
| 七個 | ： | ななつ |
| 八個 | ： | やっつ |
| 九個 | ： | ここのつ |
| 十個 | ： | とお |

## 人　数

| 一個人 | ： | ひとり |
|---|---|---|
| 二個人 | ： | ふたり |
| 三個人 | ： | さんにん |
| 四個人 | ： | よにん |
| 五個人 | ： | ごにん |
| 六個人 | ： | ろくにん |
| 七個人 | ： | しちにん・ななにん |
| 八個人 | ： | はちにん |
| 九個人 | ： | きゅうにん |
| 十個人 | ： | じゅうにん |

## 星　期

| 星期日 | ： | にちようび（日曜日） |
|---|---|---|
| 星期一 | ： | げつようび（月曜日） |
| 星期二 | ： | かようび（火曜日） |
| 星期三 | ： | すいようび（水曜日） |
| 星期四 | ： | もくようび（木曜日） |
| 星期五 | ： | きんようび（金曜日） |
| 星期六 | ： | どようび（土曜日） |

| 一個星期 | ： | いっしゅうかん |
|---|---|---|
| 二個星期 | ： | にしゅうかん |
| 三個星期 | ： | さんしゅうかん |

## 月

| 一月 | ： | いちがつ |
|---|---|---|
| 二月 | ： | にがつ |
| 三月 | ： | さんがつ |
| 四月 | ： | しがつ |
| 五月 | ： | ごがつ |
| 六月 | ： | ろくがつ |
| 七月 | ： | しちがつ |
| 八月 | ： | はちがつ |
| 九月 | ： | くがつ |
| 十月 | ： | じゅうがつ |
| 十一月 | ： | じゅういちがつ |
| 十二月 | ： | じゅうにがつ |

## 日　期

| 一日 | ： | ついたち |
|---|---|---|
| 二日 | ： | ふつか |
| 三日 | ： | みっか |
| 四日 | ： | よっか |
| 五日 | ： | いつか |
| 六日 | ： | むいか |
| 七日 | ： | なのか |
| 八日 | ： | ようか |
| 九日 | ： | ここのか |
| 十日 | ： | とおか |
| 十一日 | ： | じゅういちにち |
| 二十日 | ： | はつか |

國家圖書館出版品預行編目(CIP)資料

狠強圖形記憶50音(寂天雲隨身聽APP)/葉平亭著. -- 初版. --
臺北市：寂天文化事業股份有限公司, 2021.11印刷
　　面；　公分
標準手寫字體版
ISBN 978-626-300-082-7(20K平裝)

1.日語 2.語音 3.假名

803.1134　　　　　　　　　　　　　　　110017987

# 狠強 圖形記憶50音

作者：葉平亭

編輯：黃月良

設計：游淑貞（YOYOYU）

插圖：游淑貞（YOYOYU）/ 游鈺純（Yu-Chun YU）

校對：楊靜如

製程管理：洪巧玲

出版者：寂天文化事業股份有限公司

電話：+886-(0)2-2365-9739

傳真：+886-(0)2-2365-9835

網址：www.icosmos.com.tw

讀者服務：onlineservice@icosmos.com.tw
Copyright © 2021 by Cosmos Culture Ltd.

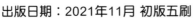

出版日期：2021年11月 初版五刷　　　　　　200101

郵撥帳號：1998-6200 寂天文化事業股份有限公司

* 劃撥金額600元(含)以上者，郵資免費。

* 訂購金額600元以下者，請外加65元。

（若有破損，請寄回更換，謝謝。）